흔痕

우진용 시집

시인의 말

벚꽃이 화사했던 지난해 봄부터
누이의 몸이 졸아들고 있다.
가벼워진 몸이 목숨처럼 애처롭다.

살라는 명이 생명이라면
목에 숨 붙은 게 목숨이다.
생명이 자연의 명이라면
목숨은 사람이 지고 갈 업이다.

생명체라는 말은 쓸 수 있어도
목숨에 체를 붙이지 않는 것을 보면
사람의 삶은 생명보다는 목숨 쪽에
가까울 듯싶다. 삶은 외롭기 때문이다.

삶, 그 바닥을 응시한다. 거기,
ㄹ로 꿈틀대는 내 욕망이 있고
ㅁ으로 닫힌 내 절망이 있다.

ㄹ에서 ㅁ으로 가는 도정
그 사이 흔적 하나 남긴다.

쉰네 살의 첫사랑이다.

슬픈 것이 어찌 사랑뿐이랴.

기축년 초
우진용

차 례

제2부 이진법에 대하여

제3부 우씨네가 사는 법

제4부 세상 건너기

제1부

나무 시인

이상하다 발목은
꿈결 속에
허공을 헛돌았는데

깨어보면
지상에 패인
내 슬픈 궤적…

「자전거」

나무 시인

나무는 시인보다 더 시적이라고

상투적인 언사가 아니다.

초록으로 세상을 점령한 위세에 눌려서도

철 늦은 빈 가지 쓸쓸한 뒷모습 때문도 아니다.

밑둥치 남기고 트럭에 실려서 간 뒤,

비로소 그가 남긴 둥근 시구를 보았다.

어느 시인이 온몸으로 저의 나이를 그리겠느냐.

나도 나이테를 두를 줄 아는 나이가 되었는가.

담벽에 기댄 채 묵묵히 깊어가는 그의 그림자.

체머리 흔들며 아니다아니다 이마에 불던 바람도

머리 풀며 취하도록 빗물에 흠뻑 젖었던 날도

돌아보면 한 시절 삭정이처럼 삭이게 되었는가.

겨울 초입, 가로등 불빛 아래 서 있는 그를 본다.

마지막 남은 잎새 몇 장 발밑에 내려놓고

한 해 단 한 줄만을 남길 줄 아는 그는

온몸으로 테를 두른 계관 시인이다.

고구마를 먹으며

황토에 숨어 토실해진 몸 보니
내 여름 그리 헛되지는 않겠네.
저 붉은 꿍꿍이들 이랑 속 파고들어
손끝 부끄러움도 화안해졌을 터.
달 그늘 골라가며 속살 부비대며
들썩들썩 새끼들도 여럿 내질렀을
새벽녘 숨죽여 실금 긋던 두둑이
쩍쩍 갈라지는 기척에 뒤척이는
흰 이슬 내릴 때 어쩌면 애동지쯤
서리감 떨어져 물나이테 번지는
우물 깊이 되울리는 사랑이라면
한겨울 뜨끈뜨끈 눈빛도 달쳐라
등판에 송이눈 담뿍 내려 좋으리.

황소개구리

논두름망아지 당글당글 가을볕에 정수배기 발개.

두렁길 가리마 타고 얼루룽얼루룽 번지는 누렁들이
노르무레 노르스름 노르족족 노릇노릇 노르끄레 노르끄름
누르스름 누르뎅뎅 누르퉁퉁 누르칙칙 누르튀튀 누릇누릇 누레지고

언덜배기 신행길 늠실늠실 쪽찐머리 가뭇없이 사라진 파랑파랑 하늘이
파르께 파르스레 파르무레 파르라니 파르스름 파르댕댕 파르족족
푸르스레 푸르숙숙 푸르데데 푸르뎅뎅 푸르퉁퉁 푸렁덩이 들고

애꿎은 돌넬림 물똥에 실잠자리 부들 뒤로 숨고
말선두리 물벼룩 좇고 소금쟁이 물수제비뜨는 둠벙,

범강장달이 성큼 내려 바스러진 물낯 햇덧이 짧아.

비유의 달

내가 처음 배운 비유는 달이었지.
달은 쟁반같이 뜨고 세상은 자명했지.
선생님은 교탁 위에 높이 떠올라서
내가 앉은 언저리 환하게 비춰주었지.

책상 위에 비유는 수북이 쌓여갔지.
교과서 뒤에 숨어서 선생님은 낡아갔지.
종은 울리고 저마다 낙타가 되어 일어났지.
비유 하나씩 들고는 행간 속으로 떠나갔지.

달은 차고 기울고 나도 선생님이 되었지.
나도 제법 몇 개의 비유를 갖게 되었지.
비유는 내 밥이요 칼이요 교과서였지.
비유 뒤에 웅크리고 눈물밥을 먹지.

달은 다시 쟁반같이 떠올랐지.
제 비유가 탄로 날까 웅숭크리는 저 달!

蘭, 분 갈다

청잎으로만 사는 것이 수상스럽다
말 못할 사리라도 품고 있는지 싶어
쪼그리고 앉아 뿌리를 드러내본다
웬걸 뿌리는 까맣게 죽어 있거나
부질없는 욕심들로 분 속을 채웠다
자르고 솎아서 새 난석으로 옮긴다
속았구나, 청사리 하나 보이지 않고
여전히 창문은 소문으로 덜컹거렸다
인생은 한 번도 술을 사지 않았다지만*
흔들리는 그림자로 닿은 변방에서
늦도록 켜둔 불빛, 입김 따스하지 않은가
한밤 자리끼 찾아 불을 켜고
무심코, 청이파리 바라본다
어둠 속 묵묵默默히 숨어 있다가
저 홀로 감동도 없는 형광불빛에
청청히 흩뿌리는 난잎들의
청사릿빛에 눈이 시렸다.

* 정호승의 시 「술 한잔」

어느 날 크로마뇽인을 보다

사우나실 유리문 너머 사람들을 본다.
두 뼘도 안 되는 두 개의 발바닥으로
서고, 걷는다. 그 위로 둥근 무릎이 있고
둥근 배가 있고 둥근 두 개의 가슴이 있고
머리통이 둥글게 달려 조금은 위태롭다.
벌어진 입술 위로 두 개의 구멍과
두 개의 눈썹이 머리털 아래 붙어 있어
바지와 와이셔츠와 넥타이로 몸을 가려도
용케 알아보고 부르고 하는 것이 신기하다.
알몸은 사교적이지 못해 물속을 더듬지만
알몸이 되어야 몸 중심이 어디인가를 안다.
두 팔을 내려도 보고 생뚱스럽고 어색하고
건들거리는 수염이 얼굴 가리듯 가리고 싶은 것이다.
발끝과 머리, 왼손과 오른손, 오른발과 왼발이,
아담과 이브, 오르가슴과 중력이 교차하는
절정의 간빙기를 거치며 다져진 시간과
시간 사이 싹을 틔우는 아슬한 경계, 저 중심.
넥타이와 둥근 벨트와 구두로 걷는 세상,
수직과 수평으로 분할된 도시에서 걸어와
시계를 풀고, 팬티를 내리고, 만 년쯤 된 탯줄 따라

아늑한 양수로 되돌아가는 크로마뇽인의 신생대.
호모에렉투스 호모하빌리스 호모모빌리쿠스까지
희미한 그림자로 떠도는 사우나실 유리문 너머
두 뼘도 안 되는 두 개의 발바닥으로 사람들이
서고, 걷는다.

숫자의 정원

열 개의 숫자로 우주의 비밀을 캐려던
피타고라스학파는 결사조직이었다.
하루 낮과 밤을 몸살로 앓고 나서
나도 숫자의 정원이 무서워졌다.
일상의 수고로움으로 나를 이끌어
그늘을 드리웠던 순명의 나무들이
낮과 밤 시간의 머리채를 뒤흔들었다.
골짜기 지나는 울음소리를 들으면서
오십여 년 내 슬픈 애급의 백성들이
거친 레지스탕스였을 줄은 몰랐다.
카오스의 밤이 지나고 햇살 창백한
초겨울 병원, 젊은 의사는 2분 만에
세균성 편도선염, 처방까지 끝낸다.
폭풍처럼 몰아쳤던 나무의 반란에 대해
의사는 제대로 아는 것이 없어 보였다.
39도라는 숫자의 기록에만 충실했다.
36.5는 내가 수호해야 할 몸의 문신,
2.5의 차이는 결사조직의 역린이었다.
6.40.7.30.8.10.9.45.6.4.30.6.7.10.12.01……
내 일상은 좌판의 숫자로 팔려나갔다.

아날로그는 뱀이 되어 손목을 휘감았다.
소수素數들은 밤하늘의 디지털로 반짝였다.
숫자의 정원은 더 무성하고 깊어갔다.
단지 2.5를 넘어섰다는 죄목만으로
하루 밤과 낮의 치죄도 저물어가고
원주율이 우주를 한 바퀴 도는 사이
신전은 뱀의 혀로 유황불을 켜고 있었다.

옥수역에서 내리기

교미가 끝나자 거미부인은 정부情夫의 목을 잡아챘다 날카로운 이빨이 정수리에 박혔다 내 사랑 이것은 내 절망의 정표 독즙이 흘러들었다 꽃잎이 순환선처럼 빙글뱅글 돌았다 밤꽃이 피었나요 그럼요 밤에도 피는 꽃 그대는 나의 제국 나의 밥맛이에요 입맛을 다시며 거미부인이 울었다 제 몸을 비워버린 몸이 흔들거렸다 그 계집은 꼭 차가운 레몬주스를 찾았지 얼음이 없으면 나를 마시려고 했어 허겁지겁 옷만 걸치고 도망쳤지 '거미부인의 사랑' 앞을 〈사람1〉이 지나간다 잠시 '사랑'을 가리고 〈사람2〉가 지나갔다 탱탱해진 공기가 낯선 체위로 뒤집어졌다 그 자식은 조루였어 조증과 울증 사이 종잇장처럼 얇아진 사내들의 심장이 폴짝거렸다 사랑의 뒷면은 러시안룰렛 공이는 늘 편두통을 노리지 지끈지끈 문이 열리고 서둘러 눈치 빠른 사람들이 빠져나갔다 도시의 어두운 음부 속 끈적대는 거미줄이 깔려 있지 붉은 십자가들이 복선처럼 부유하는 밤 지폐 몇 장이 장님을 끌고 덜컹거리며 하모니카 소리를 따라갔다 핸드폰과 머리통만 남은 사람들은 꿈속에서 독 안에 매달려 있는 오랑캐꽃을 보았다 깨어보면 칸칸마다 풍치로 박힌 생애들이 혀처럼 돌돌 말린 터널 속을 달렸다 무수한 옥수역이 불빛 너머 사라지고 다시 나타났지만 아무도 옥

수역에 내리지 않았다 This stop is Oksu, Oksu You may exit on the left

나도 이빨이다

이빨은 정치적政治的이다.
번들거리는 저 눈빛,

남을 죽여 저를 살리는 것이
이빨이란 말을 듣고 나서

아침마다 나는 내 무기를 벼린다.

거울 속에 언뜻 비치는
로마 병단의 창날들

얼른 물에 헹구고
입술로 덮는다.

넥타이로 치명적인 목을 감추고
나의 애마에 오른다.

거대한 송곳니로 박힌 도시,

이빨 사이 넘나들며

나도 너의 이빨이다.

시절나무

우리 집에 철모르는 시절이* 살지요.
오리발 같은 잎새 몇 장으로 앞가림
겨우 하는 은행나무 분재가 있지요.
몇 년 전 정 선생이 인연 맺어준 것을
볕뉘 드는 거실 구석에 앉혀 놓았지요.
성큼 올라선 햇살도 슬그머니 돌아서면
유리문 세상 밖으로 바람 불고 눈발 쳐도
보일러 온기에 엉덩짝이나 붙이면서
철도 모르는 시절나무가 되었지요.
한두 해 지나면서 계절도 잊으면서
압각수鴨脚樹** 제 이름도 놓아버리고
수천 년 묵은 전설도 잊더라고요.
봉황산 물들어도 황새바위 눈 내려도
푸른 잎 틀어쥐고 내내 섣달 버티더군요.
실핏줄 맑게 돌아 새순 돋는 봄에야
누런 잎 떨구고 겨울잠 자러가는 시절.
불혹 넘긴 시절이 시절 꼴은 못 본다고
동지 지나면서 베란다로 내쫓았지요.
엄동에 몸살하며 눈 흘기고 이 악물더니
올봄 젖니 같은 새순 피워내더군요.

땀 흘리는 염천에 푸른 그늘 터를 잡고
상강霜降 들어 노란 제 옷 꺼내 입더군요.
지난밤엔 서리 묻은 엽서 몇 장 내려보내
지천명知天命 앞두고 아직도 철 모르냐고
그걸로 앞가림이나 하라더군요.
해묵은 시절 하나 다독거리더군요.

* 시절 : 철도 모르는 멍청한 사람, 바보. 충청도 당진에서 많이 쓰는 사투리임.

** 압각수鴨脚樹 : 은행나무. 잎이 오리발처럼 생겼다고 붙여진 이름.

겨울, 추사

추사 고택에서 추사의 고적을 생각한다.
정월의 한기가 목덜미에 서늘한데
먹빛 기왓장 그늘에는 눈빛이 희다.
매화가지 끝이 추사체로 뻗쳐 있고
마당 가운데 작약 줄기가 꺾여 있다.
벼루와 먹이 사랑채 주인을 기다리고
연적의 물기가 붓 끝으로 흐를 듯한데
추사는 주련柱聯 뒤에서 나오지 않는다.
바다 밑 진흙소가 달을 물고 달려가고
곤륜산 코끼리 백로가 끌고간 지 오래*
눈처럼 결백한 종이 위에 먹빛만이 남아
평생을 벼린 고적의 끝을 생각한다.

삼백 원 내고 들어선 고택에서
사실은 나의 고적孤寂을 엿듣고 싶은 것이다.

* 海低泥牛啥月走 崑崙山象牽白鷺

가을, 강경

물소리 제 그림자 깊어지는 가을
쇠쇠한 것들
더 설거운 소리로 불러야겠네.

용래 시인 탁배기 노을 밴 황산 메기
이끼 모과 달개비 엉겅퀴 횃대 모깃불
성황당 베잠방이 얼레빗 실타래 동박새

박시봉방 쥔 붙인 백석네 힌 바람벽
좁다란방에 때글은 무명샷쯔 기드렁하고
어득시근한 문창에 하누바람 호이호이 되울고

술청바닥 다독이던 용래 시인 눈물보다
백석네 바람벽에 구붓한 그리움보다
가느슥히 목소리에 잔금이 가는

담모도리 어스름에 오도카니 기대서서
이 가을 아즈내에 잠풍하니 떨어지는
아득한 것들 다문다문 불러야겠네.

동거의 방식

물별. 지구를 처음 본 우주비행사가 말했다. 오랜 건기 끝에 초록빛 물별에도 비가 내렸다. 유리창이 어룽지며 빗줄기가 꽂히고 있었다. 베란다의 초록이 술렁거렸다. 십여 년을 동거해온 나는 저 초록들에 기대어 거칠어진 내 색맹을 다스려왔다.

고무나무, 소사, 은행나무, 문주란과 같은 이름을 주고 며칠에 한 번 허기진 물로 초록을 길들였다. 유폐지에서 초록은 오직 호스 끝만 북향을 바라보듯 살아왔다. 자복雌伏의 자세에 마음을 놓다가 비 내리는 날이면 비릿한 야성이 유리창 밖을 향하고 있음을 요즘에야 눈치 챘다.

물 하나로 뿌리를 내리고 가지를 키우고 잎을 만들고 꽃을 피우고 열매를 다듬었다. 내가 아니라 물의 상상력이 초록을 키워왔다. 초록의 야성이 비의 욕망과 연결된 것은 물의 상상력이 맞닿아 있기 때문이다. 여름 산에 번져 있는 저 감당할 수 없는 물결들도 결국 물, 그 욕망의 프레젠테이션이었다.

그 욕망의 빛깔과 모양에 따라 고무나무, 소사, 은행나무,

문주란과 같은 이름을 주었다. 나는 모니터에 '고무나무'라고 친다. 고무나무가 부재하는 자리에 이름만 남는다. 나는 다시 '소사'라고 친다. 소사나무가 부재하는 자리에 이름만 남는다. 물의 욕망이 초록에 닿아 있듯이 내 욕망은 언어에 닿아 있다.

책꽂이를 가득 채운 것은 나비떼. 책 하나를 펴면 무수한 나비떼가 날아올랐다. 물이 일으킨 저 상상의 힘이 초록으로 번성하듯이 이름이 일으킨 욕망의 힘도 언어로 번성한다. 베란다의 초록을 본다. 문을 사이에 두고 나무와 나무가 대치하고 있는 기이한 동거. 다시 비가 뿌리고 초록의 야성이 밖을 향하는 동안 나도 내 언어를 거둬들인다. 나비의 잠 속에서 그를 본 듯싶다.

꽃의 발바닥은 왜 가려운가

새벽, 발바닥 한쪽에서 신호가 왔다 새끼발가락 손톱 하나쯤 아래다 가렵다 불을 켜고 보니 팥알처럼 붉다 긁든지 짜든지 해달라는 눈치인데 발바닥의 가려움을 통과할 수가 없다 꽃씨 한 알의 가려움

시장, 자벌레가 가고 있다 가슴과 배가 발바닥이 되어 장날 바닥을 끌고 있다 지전 한 장, 동전 몇 든 플라스틱 그릇을 촉수처럼 앞세우고 소금밭을 가고 있다 그의 생도 소금기에 졸아 들었나 발바닥만 남은 오랜 순례의 흔적이 생선 자판 아래 비릿하다

티베트, 사람들은 불경처럼 사지를 땅에 편다 산자락도 히말라야를 바라보며 꾸물꾸물 오르고 있다 소금기로 남은 자는 눈물도 하얀 것인가 산정에 소금꽃 환하다 몸뚱어리는 온몸을 기어서야 밤을 새워 발바닥에 도착했다 창문에 성에가 닿았나 보다 발바닥 한쪽에서 신호가 왔다 이 새벽 꽃의 발바닥은 왜 가려운가

복숭아뼈에 대한 기억

복숭아 먹던 어린 날,
복숭아씨는 복숭아뼈가 되었다.

복숭아뼈에서 복숭아 잎 나오고 복숭아꽃 피었다.

복숭아꽃 피고 지고 또 피어 날리더니……

쉰 번쯤 피고 지던 발목 접질린 날
주문呪文처럼 묻어버린 복숭아씨 거기 있음 알겠다.

복숭아꽃 필까, 복숭아는 열릴까, 복숭아뼈는 싹틀까,

오십 년 묵은 가지에 복숭아꽃 잠시 붉었다.

제2부

이진법에 대하여

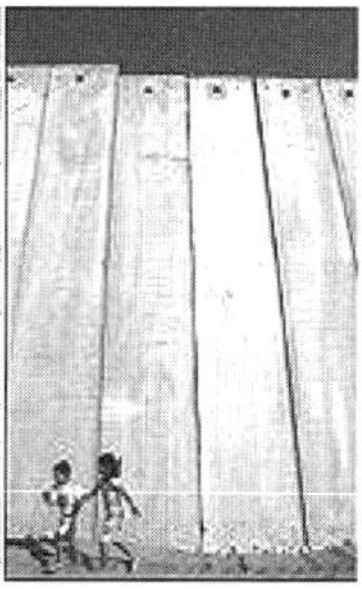

청둥오리는 자꾸 발이 시리다
청둥오리는 발을 놀려야 한다
청둥오리는 늘 떠돌아야 한다
청둥오리는 또 날아가야 한다

「노동자」

이진법에 대하여

— 『쥐』를 위한 헌사

1이 고양이라면 0은 쥐다.
쥐는 고양이의 식욕을 위해 달린다.
0과 1을 뒤섞어 우리 안에 집어넣어도
쫓기는 자의 등에는 쫓는 자의 이빨이 있다.

0이 게토의 쥐라면 1은 게슈타포의 군홧발이다.
0이 팔레스타인의 쥐라면 1은 시온의 캐터필러이다.
역사의 채찍은 왼손과 오른손 한쪽에 들려 있지만
등짝에 흐르는 붉은 꽃물은 늘 젖은 땅을 적신다.

가스를 마시는 입과 밸브를 틀던 손 사이
손에 움켜쥔 돌멩이와 탱크의 무게 사이
옷 속에 폭약을 두른 갈색 눈의 아크라스와
후추와 허브를 고르며 흥얼대는 레이첼 사이,

젖과 꿀이 흐르는 가나안의 하늘 아래
골고다의 언덕은 몇 개의 십자가로 서야 하는가.
인자여, 닭이 울기 전 몇 번을 아니라고 하는가.

인자여, 닭이 울고 난 뒤 몇 번을 더 울어야 하는가.

0에 어떤 수를 곱해도 0이고 1에 무슨 수를 곱해도 그 수라면.

0과 1이 천년을 다시 달려도 서로 닿을 수 없는 평행선이라면….

* 유월절 주간인 3월 29일 오후 예루살렘 남서부 중심가의 한 상점. 긴 머리의 이스라엘 여고생 레이첼 레비(17)가 붉은 후추와 허브를 고르고 있었다. 레비가 가족과의 만찬을 생각하며 흥얼거릴 때 상점 바로 앞에 선 버스에서 팔레스타인 여고생 아야트 아크라스(18)가 내렸다. 엷은 갈색 눈의 아크라스는 상점 앞에서 물건을 고르고 있는 팔레스타인인 두 명에게 자리를 피하라고 속삭였다. 아크라스는 그를 수상히 여겨 막아서는 경비원을 뿌리치고 상점으로 돌진했다. 후추와 허브의 계산을 마치고 나오는 레비와 어깨가 부딪힌 순간 그는 주저 없이 옷 속에 두른 폭발물 버튼을 눌렀다. 엄청난 폭발이 발생해 두 소녀는 서로 반대쪽으로 튕겨져 나가 그 자리에서 숨을 거뒀다.

* 아트 슈피겔만의 「쥐」는 이차대전 아우슈비츠에서 살아남은 자의 생생한 증언을 담은 만화. 나치주의자를 고양이로 유태인을 쥐로 설정하여 참혹하리만큼 감동적인 예술작품으로 평가받았다.

* 사진 1 : 유대인의 머리통을 밟고 있는 독일군 장교.

* 사진 2 : 교전 중 갇힌 팔레스타인 부자. 총을 쏘자 말라고 애원했으나 모두 숨졌다.

* 사진 3 : 이스라엘이 가자 지구에 설치한 장벽 밑을 지나가는 팔레스타인 어린이들.

알리바이

— 여중생 압사사건 미군평결을 보며

형광불 아래 드러난 허연 팔뚝에
날것들이 앉았다. 까맣다.
저편 손 하나 소리 없이 날아오더니
손바닥 매섭게 덮친다.
짓이겨져 손끝에 붙은 것을
아무렇게나 불어버렸다.
이름조차 뭉개져버린
작고 까만, 아무것도 아닌 것은
공간 너머 어둠 속으로 사라졌다.
상황이 즉시 복귀되고
알리바이가 스스로를 증명했다.
첫째 까만 것은 유죄이다.
둘째 작은 것은 유죄이다.
셋째 함부로 움직임은 유죄이다.
넷째 일사부재리 언급하면 유죄이다.
배심은 재빨리 자리를 떴고
눈빛은 상공에서 추적을 재개했다.
팔뚝에 달린 손은 책장을 넘겼고
손에 달린 손가락 사이 볼펜이 돌았다.
형광등 아래 날것들 여전히 빙빙 돌고 있다.

두더지의 노래
— 이후 세상은 망치를 든 자와 머리를 든 자로 나뉘었다

때리세요. 패세요. 한세상
망치모가지 부러지도록
힘껏 조지세요.

에구구 소리가 나도록
더욱더 치세요.

살려달라는 말 나오도록
졸라 패대세요.

아직 멀었어요.
까무러치도록 조져야 해요.

맞다가 오기가 터져
야, 씨펄, 더 패! 하고 악을 쓰면

됐어요. 그쯤이면
두더지도 제 할 일은 한 거예요.
괜히 이백 원 더 쓰실 것 없어요.

누구 저 팰 사람 더 없어요?

호자虎子

— 호랑이 형상의 남성용 요강

부여박물관에서 손잡이 붙은 호자를 바라보며
퉁퉁 불었을 백제 사내의 오줌보를 떠올려보네
사내애들 오줌 튄다고 주저앉혀 누이는 세상에서
저 호자를 잡으면 불끈한 수컷이 될 듯도 싶네
굴욕된 남성 집어넣고 거칠게 오줌발 내뿜으면
바닥이 깨지고 옆구리가 터져 파편은 튀어도
내 손잡이만큼은 놓지 않고 끝까지 움켜쥐려네
박물관 직원들이 들뛰고 비상벨은 불이 나겠지
사람들이 둘러싸고 손가락 사이 여자들 킥킥대도
한 방울까지 쥐어짜며 마지막 끗발로 버텨야겠네
김유신의 누이 오줌발에 서라벌이 잠겼다는데
그 오줌 넘치고 넘쳐 사비에까지 흘러왔다는데
기왓장 조각이나 돌편이나 주워 모은 박물관에서
호자가 터져 백강이 넘치도록 오줌발 뻗치고 싶네
놀에 잠긴 서녘의 황산벌은 소식도 없이 아득하고
날은 흐려 산도 집도 지붕도 낮아져가는 부여에서
역사도 수컷도 제대로 서지 못해 소문만 무성한데
여자를 위해서 앉아서 볼일 보라는 기사 읽으며
백강 따라 사라진 백제, 그 사내의 호자 생각하네.

금강산

몸

평양모란봉교예단이란다

금강산 문예회관의
둥근 지붕 아래

끈 하나 입에 물고
공중에서
물고기처럼 매달린

사람의 몸이 조금 슬프다

땅콩

한밤 땅콩을 까먹는다
조선족 처녀한테서
십 불을 준 금강산 땅콩

이 알만큼

작고 까맸던

꽁꽁 손이 얼었을
그 북한군 초병 대신

지금은 천리 밖
한밤 땅콩을 까먹는다

마을

눈이라도 올 듯
낡은 기왓빛

삼층 교사
흐려서
주저앉을 듯

옥수수빵
한입 베물고
콧물 훔치던

어릴 적
검정 통고무신
여직 있을 듯

붉다

금강문 지나
금강 오르는 길

기기묘묘 바위보다
바위에 깊이 패인

글자가 붉어
눈이 따갑다

이씨

서울에서 왔다는
버스기사 이씨

산자락 숨은 온정령
아흔아홉 고갯길
용케도 찾아낸다

일 년에 단 한 번
집에 가본다는데

오십 년 묵은 휴전선
기껏 터놓고서

자본에 갇혀 빙빙 도는
오십 번 기사 이씨

온천

희멀건 개구리들
둑 타넘듯
노천탕에 몰려 있다

중늙은이 하나

제 배
바라보는데

먼 봉우리
이는 구름

사람

걸망을 지고
간혹 사람이 지나간다

며칠째 치는 눈보라에
산은 무거워지는데

시가 가볍다

미안하다.

그 남자

— 부여 정림사지 석조좌상

어릴 적 도화지에서 만났음 직한,
처음 받은 크레용으로 그려보았지
둥근 얼굴, 까맣게 눈부터 칠했었지
일자로 내려오다 갑자기 퍼진 콧볼,
몸이야 시늉만 내면 그뿐, 그래도
손가락 다섯 개는 세어가며 채웠지
삶은 그렇게 그려야 하는 줄 알았지
이제 보니 자코메티풍을 한 남자.
오른팔은 시간에 잡혀 사라지고
반쯤 접혀진 발은 깨어진 책상다리
정림사 오층석탑 보러왔다가 개평 삼아
들러보는 사람들 사진발로 남은 남자.
역광이 넘치는 홍보물 포즈로 앉아
상실된 기억처럼 굳게 입 다문 남자.
정림사탑이 소정방의 정으로 간음되고
평제탑이란 그을린 상처로 감춰질 때도
무너진 가슴 한 손으로 주워 담으며
정 치는 소리에 염주알이나 세었을 남자.
일주일을 불탄 사비의 붉은 하늘 아래
관광선 두어 척 백강 따라 오르내리는데

천 년 전 노을이 사라지는 저물녘에야
눈가 붉게 물들다 어두워지는 남자.

마른 시간이 서서히 부서져 내린 뒤
주머니 속 그림으로 구겨지는 남자.

* 부여의 정림사지 오층석탑은 당나라 소정방이 백제 점령을 기념하기 위해 탑신에 새긴 비문으로 평제탑(백제를 평정한 탑)이란 오해를 받았다. 그 오명을 벗게 된 것은 최근의 일이다. 탑의 1층 면석에 소정방의 백제 평정 내용이 남아 있다. 나당 연합군에 의해 부여가 점령당했을 때 1주일 밤낮으로 불길이 치솟았다고 한다. 오층석탑 뒤편의 석불좌상은 마멸이 심하여 오른팔은 아예 사라지고 오른발은 깨진 채 남아 있다. 석탑에 소정방의 업적을 쪼아 넣는 역사의 현장을 생생히 지켜보았을 저 석불. 혹은 그 남자. 아직도 부여는 치욕과 슬픔의 땅인가.

動動 금강

강은 오르지 못한 자들의 마른 상처였느니.
군웅群雄의 산들이 등줄기를 일으켜 할거割據했을 때
자복雌伏의 신민이 되어 산자락 사이로 기었더니라.
자갈은 해진 무릎에 비듬처럼 떨어졌더니라.
구름 거두어 의관을 정제하고 갈맷빛 도포 휘덮을 때
허벅진 엉덩이에 깔려 허리 휘고 제 살 가리지 못한
새끼들은 마른 젖을 찾아 울었더니라. 마른 울음에
대 끝 바람 갈라지고 저들 울음 녹아나는 밤에
아가 바람 부는 숲에는 가지 마라 가지 마라
자장자장 비는 내렸더니라. 젖무덤 풀어
골창골창 먹이고 새끼들 데불고 어여 흘러
개울 건너 천변 지나 강은 강물이 되었더니라.
문의에서 감발하고 공주로 내쳐 금강이 되었더니라.

몰라 아으 동동 수심 밑 흐르는 암콤 같은 속내 몰라
달윗고지 삼천 붉은 달윗고지 아흐 현 등불다호라
울며 좇니노이던 낙화유수 흘러 또 몇 백리
풍진 여울 만나면 조약돌 굴려 한 구비 돌고
물이랑에 갈을 심고 물낯마다 별빛 뿌려
허리 휘감아 비단 물길 섬섬纖纖이 옥수玉手러니

한 시절 핏덩이 풀어놓고 야위어가는 것아
제 가슴 치오르는 연어 한 마리 품지 못하고
대청댐 링거 꽂아 갑천이며 유동천 똥오줌 받아내며
비단속곳 찢어 기저귀 채우며 우지 마라 우지 마라
저물녘 돌아갈 곳 없는 물들아 모래들아 이 겨울
논병아리 몇 마리들아, 저기 물비늘에 부딪쳐
수천 칼날로 저의 상처 저미는 부신 놀빛 보아라
흐르는 것들 거둬가며 흘러온 시간도 가라앉고
산그늘 먹빛마저 환히 풀리는 신성리에서
마른 갈꽃 몇 줌 겨울 너머로 날려 보내고
강줄기 다시 등에 지고 일어선 금강이
비틀대며 무엇으로 남아 제 바다에 닿는가…

상봉

— 남도에 가서 어머니 고향 북청이 생각났다

1. 남도

이산가족들 금강산 상봉한다는
뉴스 들으며 깨다가, 졸다가
버스에서 내려 거제도 노자산 오른다.
소사나무 군락지를 벗어나자
호명을 기다리듯 나무마다
가슴에 주홍빛 이름표를 달고 있었다.
노각나무, 까치박달나무, 서어나무,
굴피나무, 청미래덩굴 짚어 가는데
인기척도 없이 나무 하나가 다가왔다.
사람주나무라니…사람,주…사,람주…사람주?
성과 이름 나누기 좋아하는 사람뿐인데
이름 하나로도 어깨 무겁다는 듯이
허구 많은 잔가지들 은근히 삿대질이다.
지천명 가까이 내 이름만 복창했는데
제 이름표 한 번 불러주길 기다리며
이름 하나로 평생을 버티는 것도 있음을
노자산에 오르며 아프게 깨닫는다.
매끈하고 검은 저 살결을 하필

때죽이라 부르는지, 물푸레를 지나자
무릎 시린 졸참 갈참들이 쪼그리고 앉았다.
산은 가파르고 바람 모질어 바다로 뻗은
가지들 휘어져 제 줄기에 얼굴 묻고 있었다.
반생을 부비댄 자리마다 부름켜가 보였다.
이 선생은 상피 붙었다고 짓궂게 떼냈지만
가지는 완강하게 줄기에만 파고들었다.
나무 속 풍경이 슬슬 지워지는 저녁
걸어가는 바다의 뒤통수가 보였다.

2. 해안선

정상 쥐똥나무 숨죽이고 있었다.
버짐처럼 마른 구름들 문지르며
새 두어 마리 육지 쪽으로 떨어지고 있었다.
쓰러진 바다의 늑골쯤서 부서지는 해안
난타 당한 심장 퍼득일 때마다
만조는 벌컥벌컥 된숨을 몰아쉬고
날 세운 파도 목덜미에 꽂히고 있었다.
녹슨 시간에 찢긴 바람 함부로 날리고

바다로 떠난 사람들 소금으로 남았다.
누구인가, 금단의 수평선에 튕겨나가
쓰러진 해안선을 하얗게 눕히는 것은.

3. 허리에 묶인 잠

꿈속의 잠 다시 꿈꾸다
허리에 묶인 잠을 풀어보네
허리에 묶인 수평선의 잠
오랜 잠 끝에서 은핫물로 풀리네
몸 풀린 그림자로 깊어가는 밤
잠 깬 섬들은 물고기등처럼 번득이네
오를까 물고기좌에 오를 수 있을까
별 하나씩 물고 반짝 뛰어오를 수 있을까
물에 박힌 별들 물방울처럼 쏟아져 내리네
바람꽃들 지천으로 핀 둑에 앉아
오랜 잠의 매듭 풀고 싶었네
허리에 묶인 잠 풀어보고 싶었네
선잠 든 수평선 발치에 앉아서
별보다 먼저 등불 하나 내걸고 싶었네

주홍빛 이름표, 가슴속 길 하나 보일 듯도 싶었네.

4. 다시 봄날에

꽃보다도 꽃이 지나온 길이
더 환해오는
봄,
이라고 쓰고 한 철 봄 다 보냈다.
꽃은 지고
꽃 진 자리에 나비 한 마리
무겁게 날아오른다.
힘겹게 날갯짓 할 때마다
육중한 쇠문이 절겅절겅
닫히고 있다.
꽃이 지나온 길
아득하다.

봄이 아프다.

역사 교과서 1

주몽 고구려 건국, 로마의 카이사르 갈리아 정복하다.
조선 성종, 포르투갈의 콜럼버스 아메리카 발견하다.
동시대, 중국에서 나관중이 삼국지연의를 풀어내다.
연산군, 루터와 캘빈 종교개혁의 불을 지피다.
이순신의 한산섬, 세익스피어는 햄릿으로 고민하다.
송강의 관동팔경에 몽테뉴는 수상록으로 답하고
서포는 구운몽 쓰고, 파스칼 팡세로 밤을 지새다.
연암 열하를 건널 때, 프랑스 대혁명의 폭죽 터지고
약산 진달래꽃 필 때 율리시즈는 미로를 헤매다.
참회록 쓰는 동주 옆에서 헤세는 유리알 놀이하고
육이오 포연 속에서 노인은 바다와 한 몸이 되다.
눈을 뜬 새벽 지금도 역사는 홀로 걷지 않겠지만,

비숍 여사와 연애를 하면서 「거대한 뿌리」를 보았던
전통은 아무리 더러운 전통이라도 좋다는 김수영의 말은
역사는 아무리 더러운 역사라도 좋다는 것은 아니겠지만
力史로 정의된 뒤부터 歷史가 더러워진 것이 아니라
역사의 눈물을 닦아낼 한 조각 걸레조차 없을 때이다.
추녀 밑에서 찬밥덩이 말아 빌어먹던 역사라도 좋다.
춘원육당요한안서동인파인천명미당의 비루도 좋다.

함대훈이 국립경찰전문학교 교장질이나 사양했거나
한일회담 수석대표로 유진오가 나오지나 않았거나
윤숙정희백철조연현이 삼일문화상이나 챙기지 않았다면
쑥대밭이라도 쑥부쟁이 가지 끝에 핀 자주꽃이면 어떠랴
미군 지프차 좇아가며 기부미껌기부미쪼꼬렛 대신 흙먼지에
물코 빨며 허연 이빨에게 쑥떡이나 상납했던 역사면 어떠랴
을사기묘갑자무오 사대사화 사대모화 빡빡머리 외게 하던
사료용 옥수수빵에 육십 년대 맹물 먹던 남루라면 어떠랴.
친일파 사전 예산 오억 삭감하고 한 건 올린 여야판이
송사리 떼처럼 몰려다니며 물벼룩이나 따먹는 먹물들이
딴죽 걸고 딴청 피우다 여중생을 둘씩이나 깔아뭉갠 轢史
친일파 족보 하나 못 만들고 좆도고자이마쓰 하는 逆史,

처마 밑에 쪼그리고 앉아 비나 그치기 기다리는 역사, 저희 歷史.

역사 교과서 2

이상은 27년을 살았다
동주는 28년을 살았다
유정은 29년을 살았다
소월은 32년을 살았다
육사는 40년을 살았다

이완용은 70에 죽었다
이근택은 54에 죽었다
박제순은 58에 죽었다
권중현은 80에 죽었다
이지용은 58에 죽었다

여전히 사는 사람이 있고
아직도 죽는 사람이 있다

무엇으로 살고
무엇에 죽을 것인가

오늘, 나에게 다시 묻는다.

제3부

우씨네가 사는 법

이녘의기슭에앉아흘러가는강물을바라보네

22—

25—

51—

54—

—67

80—

한세월건너가는가족이란이름의징검다리여

「가족」

나무에게 길을 묻다

팔순의 노모가 무릎을 자주 꺾는다
사람이나 나무나 꺾인 곳이 아프다

옹이가 허공으로 가지를 벋어가듯
어머니는 관절로 한 생을 걸으셨다

가지들이 손을 펴서 그늘을 드리울 제
관절의 수고로움이 입들을 먹여왔다

옹이에서 옹이까지 한 겹을 걸어 돌아와
한 생에서 한 생까지 나무에게 길을 묻다

나무는 삐걱거리며 옹이부터 빠지고
낡아가며 어머니는 관절부터 삭인다

한때 아름다운 그늘 만들어주던 곳
한때 여러 입들을 먹여 살리던 곳

가장 많이 꺾였던 곳이
가장 많이 아프다

아버지의 바다

신은 사람의 몸에
바다 하나를 숨기셨다.

제 손으로 가 닿을 수
없는 그곳이
신의 마음일지 모른다.

해수기침으로 밀려오는 파도 속에서
아버지는 가슴으로 나를 밀어넣었다.
뭍에 닿아 뒤돌아본 아버지의 바다
수평선으로 넘어가는 손끝이 보였다.

지폐처럼 구겨져 길의 끝까지 걸어왔다.
얘야, 어디선가 부르는 소리가 났다.
얘야, 메아리처럼 내가 부르고 있었다.
아들 뒤에서 나도 바다가 되어 출렁거렸다.

내 쉰네 해의 바다,
등에서 철썩대는
아버지의 바다.

입동 부근

화초가 늙은 어머니처럼
가볍다

생각하니 열흘 가까이
물을 주지 않았다

밤새 뒤척이던 꿈의 기슭에
목마른 실뿌리 하나 닿았던가

덜어내고 비워낸 자리마다
가라앉는 긴 그림자를

물을 주어도 모른다 너는
모른다 도리머리다.

누이

그 눈 속으로
핏빛 노을은
몇 날을 흘러갔나

눈 붉어
새 한 마리 가는 서녘…

흔痕

숲속의 저녁은 덧없이 짧고 깊단다.
이런 곳에서는 길을 잃기가 쉽지.
어디쯤 너는 돌아가고 싶었던 것이냐.
나무는 눕고 그림자 일어서는 사이
생각은 도마뱀 꼬리처럼 잘려나갔다.
토막 난 생애를 손으로 더듬거리다가
부러진 가지 끝이 손바닥을 찔러왔다.
손바닥 가운데가 갑자기 환해졌다.
팔도 어깨도 몸통도 머릿속까지도
온통 손바닥 안으로 빨려 들어갔다.
숲도 어둠도 잠시 밝아진 생애도
샘물처럼 차고 뜨겁게 흘러들었다.
어둡다는 것은 경계를 풀어내는 일,
주저앉아 어둠 속에 나를 내려놓는다.
저의 슬픔이 부러진 가지를 만들고
가지 끝은 다시 창날로 되돌아오나.
가슴속 가파른 벼랑을 세워야 하나.
못 박힌 당신의 붉은 피는 아니지만
짐승의 눈빛들로 둘러싸인 숲에서
성흔聖痕의 길 하나 찾을 듯도 싶었다.

짐승이 또 다른 짐승의 냄새를 맡고
어슬렁거리며 배회하는 숲속에서
갇힌 것은 어둠이 아니라 나였구나.
꺾인 머리를 무릎 속에 파묻으며
비로소 손바닥에 고인 것을 마신다.
내 손가락을 잘라서 너에게 보내마.
너의 벼랑까지 손 내밀 수 있다면
가까스로 닿은 손끝으로 너의 가슴에
주홍 글씨 하나 새길 수 있다면…

어머니의 연꽃

사월 초파일이 가까워오면서
어머니는 밤새워 연등을 만들었다.
엷은 분홍색 종이에 꽃주름 살리며
새벽마다 피워낸 수많은 연꽃들.
부여 궁남지에도 연꽃이 피었다.
지난 겨울, 반쯤 언 진흙탕 속에서
뭍에 박히고 꺾여버린 꽃대들이
눈 시리도록 희고 붉게 허공에
저리 불 밝힐 줄은 생각도 못했다.
어머니의 밤길에도 연꽃 붉게 피었던가.
보따리 장사로 닳아진 밤길 사십 리
업힌 어린 딸의 쓰라린 사타구니처럼
연꽃은 분홍빛 상처만 기억하는 것일까.
북청에서 광덕으로 흘러온 길 모롱이,
짭조름한 눈물방울로 떨어졌던 물 말은
밥알처럼 꽃잎은 하얗게 뜨는 것일까.
이제 꽃잎은 다시 진흙탕에 가라앉고
연실로 총총 한 세월 익어 가는데
어머니의 연꽃은 까맣게 때가 타
아직은 천장에 매달려서 흔들리는가.

연실은 무엇으로 익어가야 하는지
연잎 위에는 타협하지 못한 물방울 몇
또르르 이리저리 몰려다니고 있었다.

낙타와 더불어

아버지의 영토는 호박밭이었다.
녹이 슨 성문을 지나는 새벽,
기럽한 미루나무 이마 위에
그믐달이 계급장처럼 빛났다.
만주에서 북청으로, 다시
광덕 남녘으로 넝쿨은 뻗어
인연마다 매달린 조공품을
리어카에 싣고, 아버지는
낙타처럼 당당히 아픈
세상의 한복판으로 나갔다.
아득한 항로, 세상은 몇 점
불빛으로 흔들리다가
그림자로 조금씩 가라앉았다.
아버지의 손등에서 갈라져
낙타는 발자국만 남기고
내 불혹의 궤적으로 이어졌다.
굽이 진 갈래길 따라 돌면
아버지의 나이가 앞서 가고
고집으로 박힌 자갈마다
성에처럼 깔리던 해수.

가래 끓어 바람 소리 깊어지면
밤 새워 깎은 새벽 하나
잠시 문밖에 세워두고
들판에 내려서면 나도 한 그루
겨울나무로 살아남을 것인가.
아버지의 왕조는 불길한
불도저 소리에 전복되고
넝쿨 거두어들인 한식날,
아버지는 묏등에 앉아
황사 무너지는 세상 언저리
낙타와 더불어 건너고 있었다.

동해 가는 길

유구에서 마곡사 가는 길입니다 골짜기는 뒷걸음치다가 모퉁이에 가서야 손금만한 길 하나 내놓습니다 골골 물소리 멈춘 지 오래 산자락 주름만 깊어갑니다 눈은 응달에만 남아 있어 그대에게 보여줄 마음의 풍경도 이럴 듯싶습니다

힘겹게 오르다 내려가는 길목에서 표지판은 홀로 남은 초록빛입니다 하얀 화살표 끝에 마곡사가 있고 왼편으로 동해가 매달려 있습니다 이 깊은 산골짝에 동해라니요 동·해라는 글자에 걸려 발은 액셀과 브레이크 사이에서 잠시 망설입니다

거기 마음 하나 두고 온 듯 가는 길 더딥니다 저 길 끄트머리쯤 전생처럼 희미해지는 곳이 동해일까요 십일월의 나뭇가지 같던 아버지의 지겟길 따라가면 산주름 사이 이내 같은 연기 깔리는 곳이 동해일까요 김 오르는 나즈막한 부엌으로 누이의 어린 형제들 배고픈 부엉이처럼 날아들면 등성이 너머 사금파리빛 바다 있어 수제비 같은 달 하나 두렷이 띄울까요 산그리매 이울고 봉창에 호박빛 너울지면 군불 더 지피라는 아버지 목소리도 들릴까요

이불홑청 깔리듯 싸락눈 내려 사박사박 바늘땀 밟아갑니다 이불 속 파고드는 깔깔대는 붉은 뺨들 서늘히 식혀주면 바늘 찔릴라 걱정하는 소리에 섬돌에 모인 가랑잎도 바스락 숨죽일까요 미루나무 우듬지에 까치발 시려오면 침침한 바늘귀에 등잔불은 심지를 돋우겠지요

아버지는 자꾸만 더 깊은 산으로 들어갑니다 머리 희끗해진 아우는 말이 없고 시간은 무거워갑니다 사는 일도 상향등처럼 눈이 부신데 불빛은 불빛을 복사하고 갑니다 기억이 기억을 복사하듯 언젠가 두 갈래 길목에 다시 서겠지요 시간은 눈발처럼 추억 몇 날리겠지만 여전히 그 길에는 걸어간 자취가 적을 겝니다 산자락도 그늘에만 눈을 남겨놓듯 그래도 풍경 하나는 남겨야 하니까요 여기 당신의 동해 하나 내려놓고 갑니다

우화가 있는 아침

등단

추석 차례 후 형제들 둘러앉았다.
마흔아홉 된 장남은 마흔은 뺀 채
모처럼 잘 받은 통지표 흔들듯이
팔순 가까운 노모께 자랑이다.
어머니, 저 이번에 등단했어요.
이제 정말로 시인이 되었다구요.
그래, 내년이면 너도 쉰이지.
잠시 얼떨떨한 순간이 지나고
자루 터진 콩알들 쏟아져 내리듯
웃음콩 방바닥에 와르르 튀었는데…

오늘 맛 간 김치 먹으며 생각한다.
쉬—인 김치 같은 시는 쓰지 말라는
푸성귀처럼 싱싱한 어머니의 말씀
문득 지천명처럼 들려오는 아침…

해장국

고춧가루 푼 콩나물국 떠 넣으며
쓰린 속 풀다가, 쿡 혼자 웃었다.
엄마, 저 학교 가기 정말 싫어요.
아니, 얘야 오늘 또 왜 그러니?
학생들이 저를 따돌리고 싫어해요.
그래도 참아야지, 네가 선생 아니니.
여보, 오늘 나 학교 안 가면 안 돼?
(참으세요, 그래도 당신이 선생인데)
하는 대신 그러세요, 국물이나 퍼주는
아내가 누님처럼 늙어 보이는 아침,
푹 익은 콩나물처럼 눕고 싶은 날.

밥과 공기

시저가 칼에 찔려 브루투스 너마저… 했을 때 시저의 폐에서 나왔음직한 공기 분자량을 측정해본 물리학자에 의하면 나노 급의 분자 몇은 모든 인류의 폐에 한 번 이상 들어갔을 거라 한다 …브루투스 너마저…를 조합해 낸 공기의 분자가 내 폐에 잠시 머물렀다고 하니 시간이 아니라 공기의 역사다

밥공기를 공기라고 했을 때 밥이 있던 곳은 공기의 자리였다 밥을 채우면서 밀려난 공기는 밥 한 술 떠낼 때마다 순식간에 제자리를 찾는다 밥과 공기의 오랜 싸움이다 아버지는 공기 대신 밥을 담으려고 평생을 사셨다 자식들의 빈 공기를 참지 못하셨다 먹어도 배고픈 공기를 당신의 허기에 담으셨다

식솔을 내려놓은 아버지의 리어카는 세상의 언저리를 넘어갔다 나도 이제 공기를 아는 나이가 되었는가 평생을 종발로 사셨던 아버지는 혀를 차시겠지만 이제 공기에 밥 아닌 것 담고 싶다 몇 나노 급의 허기를 담고 싶다 그림자 길어지는 새벽 상현달 같은 아버지의 종발에 따스한 시 한 그릇 지어드리고 싶다 공기 가득 시 내음 피어올리고 싶다

속리산

스무 해 전 아내와 오리나무숲을 걷습니다. 툭, 어깨를 치던 솔가지 눈이 사월의 안개비로 풀어져 오늘은 오리나무 순마다 연초록 눈빛입니다. 세상 밖에서 서성이던 세월은 초·중학생 아들 둘을 데리고 앞장섭니다. 숲 가득 폭설이 내려 물소리조차 들리지 않던 골짜기를 돌이라도 톡톡 치며 흘러갑니다.

그때의 아내만한 여자애와 훌쩍 커버린 아들이 오리나무숲을 걷습니다. 겨울 혹은 사월이라면 어떻습니까. 눈부신 목련꽃 지듯 함박눈이 어깨 너머 세월처럼 내리고 있습니다. 말티재를 넘지 못해 막차가 끊긴들… 골골골 메아리조차 숨어버린들… 그래도 바위틈 어디쯤 산솜다리 한 송이 피리라 믿습니다. 숲 가득 내린 눈이 물소리 막아도 이리 사월의 골짜기를 깔깔대며 따라가겠지요.

쓰러진 고목 옆 쥐똥나무에는 파란 젖니가 돋고
안개비는 쥐똥나무 잎잎에 맑은 등불 하나씩 켜고 있습니다.

고대를 기다리며

민중서관 칠십칠 년판 옥편에도
칠십 년대식 그 청춘 남아 있을까.
속표지 귀퉁이에 내 이름이 낯설다.
진헌이와 궉鴌씨가 있냐는 내기하다
대전역 앞 서점까지 뛰어갔던 이십대.
묵정밭에 묵혀둔 삼십 년을 뒤적여
아득한 고대국가인 예濊를 찾다가
마음[心]을 셋씩 얹은 나무를 보았다.
꽃술 예蘂자라고 적혀 있었다.
그날 이후 예濊는 잊어버렸지만
꽃술 예蘂에 마음은 자꾸 불편해갔다.
어느 사내가 꽃보다 마음 먼저 걸었던가.
거북이 등점 치던 시절 되짚어 올라
은殷 상商 주周 진秦이며 하는
천 년도 두어 번 건너뛴 어느 땅 아래
만 리로 멀어지는 마음 장성으로 쌓다가
등잔 아래 눈물 꾹꾹 눌러 쓴 글자일까.
몇 천 년을 건너온 나도 한 지붕 이루어
지천명의 눈길 너머로 식솔들 바라보니
가지에 하나도 둘도 아닌 셋씩이나

올려놓은 그 사내 눈길 보일 듯싶다.
가슴으로 울컥 올라오는 것이 꽃만도
아닌 것을, 그것도 하나도 둘도 아닌
셋이어야 하는 것을, 그리운 고대
그 사내가 그래야 했던 것을….

열무 이야기

만리포에서 큰애를 낳고 둘째를 안면도에서 가졌을 때입니다 하숙을 쳤던 방 세 개를 만원씩 빌려 한 방에서 온 식구가 살았드랬습니다 꿈속에서 내 발은 방보다 자꾸 길어져 문 사이로 솔바람이 기웃대고 조개산 달빛은 창턱을 넘어와 가난도 가끔은 윤이 났습니다

뒤뜰에는 손바닥만한 터가 있어 봄 한철 호미로 애벌김을 매고 열무씨를 뿌렸습니다 비 오면 굵은 모래가 올라오는 박토라 호미날도 들지 않았지만 예닐곱 걸음만한 새 영토에 되는 대로 씨 뿌리고 잊고 살았드랬습니다 퇴근해도 해는 한 발이 남아 딴뚝 이백번집 눈물 나도록 매운 갱개미회에 소주도 마시고 큰애랑 방포 백사장에서 모래성도 쌓았습니다

무논에 개구리밥이 퍼질 무렵 잊혀진 밭에서는 밤마다 파르스름한 눈빛들이 살아났습니다 이슬과 부드러운 솔바람과 지붕과 담 사이 한낮에만 잠깐 드는 햇살을 먹으며 어느덧 떡잎으로 초록빛 이갈이를 하였습니다 때로 소나기가 두드리고 개미떼에 뜯기고 땡볕에 녹으면서 듬성듬성 초록빛 영토를 가꿨습니다

안면도의 바람이 풋고추로 여물 때쯤 열무를 솎았습니다 뿌리는 의외로 완강해서 젖 떼는 아이마냥 버티다가 실뿌리까지 조고만 흙덩이를 붙잡으며 올라왔습니다 요것도 농사냐고 아내가 내민 소쿠리에 흙을 털어 담으며 나도 농부처럼 웃었습니다 점심은 찬밥에 생열무 비빔밥이었겠지요

연육교 기억 너머로 안면도도 흘러가고 후년이면 큰애가 중학교에 가고 재산세 내는 집도 장만했지만 가끔은 열무 같은 풋내가 아려옵니다 연한 잎새에 살 뜨거운 고추장을 발라야 하는지, 보리 섞인 찬밥이어야 하는지, 참기름은 아까운 듯 몇 방울만 쳐야 하는지, 러닝바람에 마루에 걸터앉아 먹어야 하는지, 옛날에 옛날에만 그랬어야 하는지, 돈가스 앞에서 포크 놀리는 애들을 보며 열무와 열무 같은 사랑법을 생각합니다

시지푸스의 나무

나무가 울울鬱鬱하면 가지만으로 힘겹듯
나이도 쉰쯤에선 자식들 그늘받이 좁다.
불볕 아래 넥타이로 목을 죄야 하고
양복으로 땀땀의 구멍 막아야 한다.
중년의 체관부 속을 밀어내리는 뱃살,
나무는 한겨울 서슴없이 옷을 벗지만
나는 여름이 와도 당당할 수가 없다.

공산성이 금강에 발목 잡히고 살듯
밤이면 아내에게 두 발목을 잡힌다.
처와 자식들과 뱃살이 한 살림이다.
윗몸 겨우 일으키면 다시 넘어지란다.
일으키려는 것이 어찌 윗몸뿐이겠는가.
돌아보면 등에 닿는 것은 늘 비탈이었지만
지천명의 그늘에는 가족이란 새들이 산다.
나무는 평생을 버티다가 단 한번 쓰러지고
나는 쓰러지기 전 한 번 더 일어서야 한다.

나무는 한 번 쓰러지기 위해 열 번을 버티지만
시지푸스는 한 번 일어서기 위해 열 번을 쓰러진다.

제4부

세상 건너기

바오밥,
바오밥 부르면

바아보
바아
보처럼 들리는 나무

나는 바오밥 나무가 되려네.

「바오밥 나무」

소똥

설산雪山 마을에는 손님 오시는 귀한 날
소똥을 풀어 바닥에 바르는 사람들이 산다
길섶에 떨어진 소똥을 두 손으로 모셔와
정성스레 말리고 쌓아놓는 사람들이 산다

하얗게 채운 쌀독과 김칫독 눈도 소복한데
헛간 천장 그득 쌓인 나뭇짐으로도 호벅진
입지 않아도 내복처럼 다사한 겨울이 있었다
먹지 않아도 식구처럼 흐뭇한 시절이 있었다

낭만에 대하여

내 낭만은 칠십 년대식 프록코트

남루로 차마 입고 나갈 수 없다

라일락 구근은 나비떼 꿈꾸었느니

무릎 시려 떠도는 오십대의 눈발들아

요즘은 남루가 나를 입고 외출한다

마술사

춥고 허기진 동네 개를 따라
방이나 마당가 어정거렸던
연탄불 꺼진 칠십 년대식 자취방.
담장 너머 구멍가게 노처녀
선반의 과자봉지처럼 얹혀 있고
쇠난로 골계란 통엔 김이 올랐다.
그림자나 따라가다가 돌아서면
뒷짐 지고 내 뒤로 어슬렁거리다
나란히 담벽에 붙어 해바라기 하던
한 뼘 아랫목과 두꺼비만 잡으면
골계란에 왕소금도 괜찮으련만.
겨울해 동전만 해 용마루 넘어가고
사람이 사는지 살아나는 불빛들.
외등 아래 연탄재 아직 따스하고
골목길 바람소리 수런거리더니
우형, 드르륵 쪽문 막이 열리고
대전시장 먹자통과 유성 죽동
사십분을 마징가처럼 달려온 그가
휘익 잠바를 들추고 내보인 것은
배에 휘휘 감은 검은 비닐의 마술.

아직도 뜨스한 순대 줄기를
멀쩡한 배에서 하, 그처럼
아름답게 뽑아내는 마술을
그 뒤 결코 본적이 없다.

신두리 사구에서

마른 눈물 같은 것들 추슬러
설악의 울산바위나 금강의
만물상에도 가보았네

눈발에 얼리고 바람에 말렸으나
마음은 다시 풀리고 또 젖어
여기 신두리 사구에 서보네

저 함묵 갈라지고 부서지면
돌이 되고 자갈이더니
기어이 모래도 아닌 것이더니

움켜쥘수록 손가락 사이로
빠져나가는 시간이 되어
한 자락 바람에 가볍게
한 세상 건너는 것 보네

잠시 세워놓을 형체도 없이
목쉬어 호명할 이름조차
바람의 그림자로 흩어지는데

이제 금강의 만물상 아니면
설악의 울산바위라도
다시 신두리에 데려오려네

그보다 더 무거워진 것들 바람에 말려
그리하여 가장 낮은 자의 언덕이 되려네…

이총耳塚

젊은 왕이 머리 희끗한
신하들에게 명했다.
내 슬픔을 기쁨으로 바꿔주는
물건을 만들어오라, 고.

그리하여 반지 하나가 만들어졌다.
그 안에 새겨진 글귀 하나
'이 또한 지나가리라'.

생마늘 같은 것 씹으면서
한 시절, 그 소리에 기대며 견뎠다.

그래 이 또한 지나가리라.
너에게 가는 마지막 편지를
썼다가 찢어버렸을 때,

제 울음을 듣는 귀가
종이에도 있음을 알았다.
제 몸 찢겨지는 파찰음에야
눈을 뜨는 네 개의 귀.

종이는 처음 들은 그것이
제 울음인 줄을
버려진 뒤에야 알았다.

무창포에서 전신을
구겨가며 따라오던
너의 파도도 그랬다.

무너지기 전 단 한번
하얗게 일어서는
도처의 저 귀무덤들…

찢어버린 제 소리들을
밤새워 주워 담고 있었다.

그 겨울의 파충류

시든 잎 떨구고 차마 뚝뚝 부러지듯
얼음과 눈 내리는 길 걸어가야 할
잔가지에 철사가 면류관처럼 묶여 있다.
누가 함부로 내 슬픔도 묶어 놓았나.
바람 잘게 불어도 도리질 하는 것은
뿌리만은 지키겠다는 각오인 것을.
바람마저 얼어버린 듯 꼼짝 안한다.
일몰이 가고 붉고 긴 터널 지나면
물오르는 소리로 꽃은 우는 것인데.
마른 가지 가슴에 얹고 산다는 것은
차마 뚝뚝 부러지듯 걸어가야 할 길에
삭정이 불 활활 부치지 못하고
진눈깨비 흙발 끌고 언덕 넘는 것인데
잔바람에도 흔들리며 거기 기대는 것은
슬픔의 뿌리만은 지키자는 것인데
바람도 감겨 꼼짝도 않는 것인데
오오 견디란다 그 겨울, 파충류처럼….

까르푸에도 나팔꽃이 피는구나

까르푸 물품명세서 사이에 찍힌
꽃씨 500원.
바람과 물과 햇살을 얼마쯤 버무리더니
넝쿨손이 베란다 수채통을 잡고 오른다.

반짝이던 포장지들 정리해고 되고
입맛 나는 것들은 하수처리장으로
쫓기듯 흘러가는 밤마다,

밤마다 꽃대 올리더니 이 새벽,
분홍빛으로 환하다.

까르푸에도 나팔꽃이 피는구나.

정 선생 수족관을 만들다

첫째 날은 교장의 결재를 받고 내려왔다.
둘째 날은 틀을 짜고 유리를 맞추었다.
셋째 날은 냇가에 가서 모래와 자갈을 가져왔다.
넷째 날은 수초를 심고 수포기를 끌어왔다.
다섯째 날은 물을 채우고 물레방아를 돌렸다.
여섯째 날은 돌고기 송사리 붕어를 잡아들였다.
(일곱째 날은 비가 왔고, 그리고 월요일이 되었다)

놀라워라, 현관 한가운데 떠다니는 물고기들.
수족이 없는 수족관에 수족도 없는 물고기들,
이유도 없이 항명도 없이 입만 껌벅거리며
어안魚眼이 벙벙한 채 이쪽에서 저쪽까지 쉴 새 없다.

몰려다니는 송사리나 혼자 뒷짐 진 붕어나
일 년치 출퇴근을 하루 만에 해치우고 있다.

무서운 놈

3월, 인터넷고 부임하니
노트북 한 대 준다.

학생들 하나씩 하드에 집어넣고
엔터키로 뒤통수를 치란다.

處處에 돌고 도는 마우스,
時時로 체크 인—아웃.

신탁神託에 갇힌 미래가
훤히 보이는 모니터에

개미 한 마리 지나고 있다.

델키로도 지워지지 않는다.
커서가 겁을 줘도 막무가내다.
블럭으로 가두어도 제 길만 간다.

무서운 놈이다.

산수유 붉은 알알

안도현 시인은 서른다섯 될 때까지
애기똥풀 모르고 살았다고 저런,
것들이 인간 마을에서 시를 쓴다고
애기똥풀 모르는 것이 저기 간다고 했는데
시를 가르친다는 나는 마흔이 넘어서도록
삼월 교정에 지천으로 핀 노란 것들이
산수유꽃들임을 모르고 살았다.
젊은 아버지가 눈 속을 헤쳐 따왔다는
산수유 붉은 알알의 붉은 사랑 이야기인
「성탄제」 제목을 칠판에 쓰면서도
산수유꽃들 창문 너머 지켜봄을 몰랐다.
진달래보다도 개나리보다도 서둘러 나와
올망졸망 꽃몽오리 벌, 나비 불러와
노란 뭉게구름으로 에두르는 삼월에
교무수첩에 집어넣을 사진이나 싹둑 잘랐다.
뒤통수에 풀칠하고 명함판 틀에 가두어
손바닥으로 서너 차례 면상을 두드릴 때도
유리창 너머 지켜보는 노란 조무래기들이
저도, 내도 산수유 하며 손드는 것을 몰랐다.
죄꼬만 꽃잎술 은희도 되고 경아도 되고

내도요 저도요 꽃보라로 물결치는 계절에
애기똥 같은 것들 우수수 발밑에 쏟아지면
올망한 꽃망울들 아직은 세상 눈부신데
이제는 저마다 걸어야 할 외길 속에서
황톳길도 지나고 자갈밭에 비틀대고
소나기에 젖으며, 땡볕에 지쳐가며
저리도록 시렸던 한 시절 돌아보면
충혈된 눈빛, 산수유 붉은 알알인데…
서릿발 하얗게 이 악물고 거기 서서
흰 눈 치는 성탄제의 밤, 젊은 아버지의
붉은 사랑 이야기로 남는지 몰랐다.
몰라도 한참을 몰랐다.

이제 강으로 가야겠다

동네마다 그렇듯이 관식이가 살았다.
그가 걷는 세상은 바지춤처럼 헐거워
깐깐한 세월도 솜방귀처럼 새어 나갔다.
놋주전자 헤벌린 주둥이 누런 이빨 내밀며
상갓집 조등 밑을 제일 신나게 달리면서
막걸리 찔끔거리며 소매에 물코나 묻혔다.
조무래기들의 돌팔매질로 쫓기다가
딱! 한번 돌아서던 서늘한 그 눈매에
돌 내려놓고 나도 세월을 따라왔지만
생각해보면 그도 중년이었다.

아침이면 둥근 배에 가죽 띠 두르고
도금한 버클로 배꼽쯤에 힘을 준다.
안전벨트 바투 조여 세상은 헐겁지 않다.
빨간 빛 파란 빛에 시간을 구획 짓고
노란 선 하얀 선에 시비가 확실하다.
이런 것들 이제는 강으로 데려가고 싶다.
흘러가는 것들 흘러가며 제 몸 맡기는 곳
신발 한 짝 소주병 라면봉지 나무뿌리
누군가의 손에서 흘러와 잠시 머물다가

우기를 기다려 떠날 채비하는 곳.

물주름 잦아드는 강가에서
낯익은 중년 하나 멈춰 서 있다.

겨울 오서산

구수하니 고린내도
괜찮다 싶을 때쯤이면
오서산에 오시게.
거기 참나무 마른 가지에
고집 하나로 매달린
참나무 마른 잎 좀 보시게.
잠포록해 한 수유 조올다
실바람이라도 툭 스치면
곰시렁곰시렁 등 긁어
주는 소리 들어보시게.
화롯불 군고구마 엇! 뜨거
한 입 베물은 동치미 같은
올치올치 제대로 긁은
고 맛깔스런 소리를.
한 시절 미움도 곰삭아
삭정이로 남을 때쯤
오서산에 들르시게.
한 움큼 남은 햇살 속에
억새꽃마저 놓아 보내고
툭툭 털고 뒤돌아본

눈길 끄트머리쯤,
늦철 든 구름 한 자락
솔개그늘마저 데려가느니.

구운몽 읽는 밤

구운몽을 거꾸로 읽는 밤
불혹의 중턱에서 길을 놓쳤다.
무릎 아래가 바로 고해다.
바짓가랑이로 훑는 풀씨가
근심처럼 달라붙는다.
자잘한 것들이 더 각다귀다.
하나하나 떼려다 손을 놓았다.
불혹은커녕 이립조차 못한 채
지천명 지나자고 길 하나 찾는데
구름은 틈 사이로 또 뒷걸음치며
저 너머 또 오를 것이 있다고
운우의 끝자락을 희롱하는가.
끝났다고 길이 먼저 손을 터는데
끝장 다음이 바로 첫 장임을
구운몽을 덮고서야 알게 된 밤.
아래로 내려오니 그 많은 것들
어느 샌가 떨어지고 없었다.
근심도 때가 되면 저리
손을 놓고 내려서는 거라고

사는 일이 그렇지 않느냐고
등 뒤에서 산 같은 것이 웅얼거렸다.

| 우진용의 시세계 |

원리의 간결함과 삶의 풍부함

박수연
(문학평론가)

삶을 욕망과 절망으로 파악하는 사람에게는 그 생각이 시작되자마자 언어가 씌어져야 할 것이다. 시인은 그 언어의 출현을 시로 해결하는 사람이다. 그 사태가 흔히 시적 무의식이라고 알려져 있는 데 비해, 우진용이 '시인의 말'에서 그 사실을 밝혀 적고 있기 때문에, 독자들은 삶과 시의 고통과 충만을 서로 비례하는 의식적 관계로 해석할 수 있을 것이다. 그는 이미 삶에 대해서 '욕망이 있고 절망이 있다'고 말하고 있는 것이다. 머리말이 시집 전체를 포괄할 수밖에 없다면, 그 욕망과 절망은 일반적인 의미의 무의식적 작용을

넘어서는 의미일 수밖에 없다. 그런 점에서 우진용의 시집은 그 관계들을 의식하고 있는 마음들의 독특한 표현이어야 한다.

시집을 독특하다고만 말하는 것은 그렇지만 우진용의 시에 대한 제대로 된 평가가 아닐 것이다. 모든 시집은 오직 단 하나뿐인 책이기를 원하는 법이며, 좋은 시집은 실제로 오직 그 시집에서만 실현되는 유일한 세계를 드러내기 때문이다. 그러므로 오직 하나뿐인 책으로 시집을 존재하게 만드는 요소들을 살펴보는 일이 필요하다. 우진용에게서 그 요소를 욕망과 절망의 비례관계로 파악해보려는 시도는 다음과 같은 진술에 먼저 주목해보아야 한다.

> 복숭아꽃 피고 지고 또 피어 날리더니……
>
> 쉰 번쯤 피고 지던 발목 접질린 날
> 주문呪文처럼 묻어버린 복숭아씨 거기 있음 알겠다.
>
> 복숭아꽃 필까, 복숭아는 열릴까, 복숭아뼈는 싹틀까,
>
> 오십 년 묵은 가지에 복숭아꽃 잠시 붉었다.
>
> —「복숭아뼈에 대한 기억」 부분

시에는 오랜 시간의 흐름이 있다. "오십 년"이라는 시간은 그 흐름의 단순한 지표일 뿐이다. 차라리 거기에는 소용돌

이치는 시간의 믿을 수 없는 되풀이가 있다고 말해야 한다. 시는 시간의 소용돌이에 휘말려 든 유년의 기억과 그것의 순간적 솟아오름을 노래하는데, “복숭아뼈”와 “복숭아꽃”의 상호 대체는 바로 그 오랜 시간과 솟아오름을 압축하는 사건이다. 사건에는 그러나 고정된 의미가 없다. “오십 년”이라는 시간이 단순 지표일 뿐인 이유가 여기에 있다. 언어의 의미는 고정된 것의 드러남이 아니라 오십 년이라는 시간의 소용돌이가 동반하고 있는 숱한 경험들의 솟아오름 속에서 결정될 것이다. 이를테면, 의미는 비어 있고 전경화되는 것은 “오십 년”이라는 언어이다. 언어는 의미의 부재 위에서 표현 기능을 담당한다. 그런데 오십 년 동안 ‘복숭아뼈→복숭아씨’가 반복되고 있는 것이다. 이 반복 속에서도 의미는 고정되지 않는다. 시시각각 의미는 “복숭아꽃 피고 지고 또 피어 날리”듯이 휘날려 왔을 것이다. 역시 전경화되는 것은 “복숭아꽃”이라는 언어 자체이다. 언어는 그러므로 부재하는 의미를 찾아 휘날리는 욕망의 대리물이라고 해야 할 것이다. 욕망의 대리물이자 그 욕망의 좌절 앞에서 의미의 절망을 드러내는 것. 그것이 언어이다. 시인은 오십 년 간 언어를 끌고 온 사람이다.

시가 모든 절망을 해결해 줄 수는 없을 것이다. 오히려 시의 언어는 그 절망을 더 부각시키고, 그 절망 때문에 시인은 언어에 더 매달리게 된다. 언제까지 매달리는가 하면, “한 해 단 한 줄만을 남길 줄 아는”(「나무 시인」) 때까지이다. 이를테면, 비울 것 비우고 남길 것 남길 줄 아는 때까지일 것이

다. 이것은 다른 말로 표현될 필요가 있는 진술이다. 시인에게 절망이란 무엇인가? 그가 선택하는 언어들이 의미의 부재 상태에 놓이게 되는 상황이 곧 그것일 것이다. 부재는 그러나 욕망을 불러온다. 부재만이 욕망을 불러올 것이다. 자의적이기도 하고 타의적이기도 한 그 부재를 따라서 욕망을 대체하는 언어가 나온다. "마지막 남은 잎새 몇 장 발밑에 내려놓고" 서 있는 "나무→시인"의 모습은 자신의 삶 전체를 비워버린 존재의 모습이지만, 여기에는 지나온 모든 시간의 추구를 떨구어버린 삶의 간결함으로 후생을 준비하는 존재도 있다. 그 간결함이란 이미 모든 것을 알아버린 자의 자세인데, 이것을 시인의 무의식이라고 할 수는 없다. 그것은 차라리 자각된 시의식이라고 해야 할 것이다. 우진용의 시의 독특성이란, 이 시의식의 활용을 통해 이루어진 언어 구성체의 독특성이다. 「동거의 방식」은 그것의 좋은 예이다.

> 그 욕망의 빛깔과 모양에 따라 고무나무, 소사, 은행나무, 문주란과 같은 이름을 주었다. 나는 모니터에 '고무나무'라고 친다. 고무나무가 부재하는 자리에 이름만 남는다. 나는 다시 '소사'라고 친다. 소사나무가 부재하는 자리에 이름만 남는다. 물의 욕망이 초록에 닿아 있듯이 내 욕망은 언어에 닿아 있다.
>
> —「동거의 방식」 부분

언어는 욕망의 자리에서 탄생한다. 욕망의 색채와 모양을

따라 언어가 탄생한다면, 시 역시 바로 그 경로를 따라 탄생할 것이다. 시인이 이를 자각하고 있기 때문에 "내 욕망은 언어에 닿아 있다"라는 진술이 나올 텐데, 그 언어는 부재하는 사물을 대체하는 언어이다. 욕망은 그러므로 부재에 닿아 있다는 말이 된다. 그것을 알면서 언어를 추구하는 사람이 시인이다.

우진용의 시에서 그 욕망과 부재의 변증법을 따라가다 보면, 모든 것을 떨구고 오직 최후까지 남는 존재의 순수에 도달하는 시인의 의식을 볼 수 있다. 위에서 언급한 「나무 시인」이나 「동거의 방식」도 그렇지만 「꽃의 발바닥은 왜 가려운가」의 "꽃씨 한 알의 가려움"이라는 진술이 이에 해당할 것이며, 「어느 날 크로마뇽인을 보다」의 "알몸이 되어야 몸 중심이 어디인가를 안다"는 진술도 그에 해당할 것이다.

> 알몸이 되어야 몸 중심이 어디인가를 안다.
> 두 팔을 내려도 보고 생뚱스럽고 어색하고
> 건들거리는 수염이 얼굴 가리듯 가리고 싶은 것이다.
> 발끝과 머리, 왼손과 오른손, 오른발과 왼발이,
> 아담과 이브, 오르가슴과 중력이 교차하는
> 절정의 간빙기를 거치며 다져진 시간과
> 시간 사이 싹을 틔우는 아슬한 경계, 저 중심.
>
> — 「어느 날 크로마뇽인을 보다」 부분

시에서 읽어내야 할 것은 중심과 경계를 결합하는 잠재된

시선이다. 몸의 중심이 시간과 시간 사이에서 싹을 틔운다고 시인은 쓴다. 그것이 또 다른 중심을 만들어내는 일은 인간의 삶에서 그치지 않고 이어지는 사건을 구성할 것이다. 이 사건들의 국면적 생성과 전개가 중심—경계의 교차를 만들어내는데, 결국 시인이 도달하는 곳은 "알몸"의 영역이라는 사실이 중요하다. 이를테면, 알몸에서 계기화된 삶의 의미는 다시 알몸의 경계로 돌아간다. 이것은 인간의 몸이 잡다하게 걸치고 있는 온갖 수사와 장식을 모두 거둬낸 상태에 대한 자기 확인의 결론이다. 그때에 이르러서야 삶의 진정한 비의가 드러난다고 시인은 말하는 셈이다.

이 비의를 말하기 위해 중심과 경계를 결합하는 시인의 시선이 단지 그 결합의 형식 자체에만 머무는 것도 아니다. 독자들은 이 형식이 이끌어내는 삶과 세계의 내용에도 충분히 주목해보아야 한다.

> 새벽, 발바닥 한쪽에서 신호가 왔다 새끼발가락 손톱 하나쯤 아래다 가렵다 불을 켜고 보니 팥알처럼 붉다 긁든지 짜든지 해달라는 눈치인데 발바닥의 가려움을 통과할 수가 없다 꽃씨 한 알의 가려움
>
> 시장, 자벌레가 가고 있다 가슴과 배가 발바닥이 되어 장날 바닥을 끌고 있다 지전 한 장, 동전 몇 든 플라스틱 그릇을 촉수처럼 앞세우고 소금밭을 가고 있다 그의 생도 소금기에 졸아 들었나 발바닥만 남은 오랜 순례의 흔적이 생선

자판 아래 비릿하다

티베트, 사람들은 불경처럼 사지를 땅에 편다 산자락도 히말라야를 바라보며 꾸물꾸물 오르고 있다 소금기로 남은 자는 눈물도 하얀 것인가 산정에 소금꽃 환하다 몸뚱어리는 온몸을 기어서야 밤을 새워 발바닥에 도착했다 창문에 성에가 닿았나 보다 발바닥 한쪽에서 신호가 왔다 이 새벽 꽃의 발바닥은 왜 가려운가

—「꽃의 발바닥은 왜 가려운가」 전문

시인은 세상의 모든 아래를 향해 마음을 기울인다. 시인 자신의 발바닥에서 시작하여 시장 한켠에 기어가는 걸인을 거쳐 세계의 신성이 모여 있는 티베트의 땅에 이르기까지, 세상의 모든 아래는 그 마음의 집결지이다. 그렇다면, "발바닥"은 시인의 시가 출발하는 지점의 상징이거나, 세계의 모든 의미가 출현하는 장소의 상징일 수 있을 것이다. 동시에 그것은 세계의 모든 삶을 근거지우는 존재들에 대한 알레고리일 수도 있다. 독자들은 그 '세상의 모든 아래'가 묘한 순환에 놓여 있음을 보게 된다. 시인 자신의 발바닥이 시장의 걸인을 거쳐 티베트의 땅으로 나아간 다음 다시 "꽃의 발바닥"으로 돌아가고 있는 것이다. 이 순환은 그러므로 시작과 종결이 동시에 놓여 있는 사태에 대한 진술로 이해되어야 한다. 시작이 끝이고 중간이 처음인 상태가 그것이다. 그 순서는 여러 배열을 가질 수 있을 것이다. 끝이 중간일 수도

있고 중간이 중간 자체일수도 있다. 그 각색의 순환을 보는 일은 끝내 모든 것 떨쳐버린 상태, 시의 표현을 빌면 "꽃씨 한 알" "발바닥만 남은 순례" "꽃의 발바닥"과도 같은 상태를 경험하는 일과 같다. 이 간결한 삶의 자기 확인이 '처음—중간—끝'의 다양한 순열 조합을 거쳐 만들어내는 사태란 곧 세계 전체가 만들어지는 양상이 아닐 수 없는데, 따라서 간결함은 세상 모든 것의 꽃핌으로 직결되는 것이다. 시인에게 그것은 세상의 모든 성스러운 감각이며, 미세하고(1연) 낮고(2연) 높은(3연) 것들의 흐름과 뒤섞임을 통해 이루어지는 생성의 순간이고, 따라서 시가 탄생하는 순간일 수밖에 없다. 우진용에게 모든 간결함은 세상 모든 것의 언어화로 통한다. 그것이 그의 욕망과 부재의 변증법이다.

간결함이 세상 모든 것으로 나아가는 출발점이자 세상 모든 것의 종점이라면, 부재와 욕망의 변증법에 의해 씌어지는 시에 대한 관념적 자기의식은 필연적으로 시인을 감싸고 있는 현실의 모습에 대해 관심을 가질 수밖에 없을 것이다. 이 결과 그의 또 다른 시편들이 나타나는데, 그가 살고 있는 지역의 역사에 대해 눈길을 두는 시편들이나 「이진법에 대하여」처럼 현실과 형이상학의 주제를 보여주는 시편들, 그리고 그의 혈육들과 그의 민감한 삶에 대한 시편들이 그것이다. 「누이」 같은 시은 '시간에 비치는 목숨'의 이미지로 현세를 초월하여 비상하는 존재에 대한 그림을 선명하게 그려놓고 있는데, 이 간결함이 좀 더 아픈 사념으로 확대되는 경우를 「흔痕」에서 볼 수 있다.

숲속의 저녁은 덧없이 짧고 깊단다.
이런 곳에서는 길을 잃기가 쉽지.
어디쯤 너는 돌아가고 싶었던 것이냐.
나무는 눕고 그림자 일어서는 사이
생각은 도마뱀 꼬리처럼 잘려나갔다.
토막 난 생애를 손으로 더듬거리다가
부러진 가지 끝이 손바닥을 찔러왔다.
손바닥 가운데가 갑자기 환해졌다.
팔도 어깨도 몸통도 머릿속까지도
온통 손바닥 안으로 빨려 들어갔다.
숲도 어둠도 잠시 밝아진 생애도
샘물처럼 차고 뜨겁게 흘러들었다.
어둡다는 것은 경계를 풀어내는 일,
주저앉아 어둠 속에 나를 내려놓는다.
저의 슬픔이 부러진 가지를 만들고
가지 끝은 다시 창날로 되돌아오나.
가슴속 가파른 벼랑을 세워야 하나.
못 박힌 당신의 붉은 피는 아니지만
짐승의 눈빛들로 둘러싸인 숲에서
성흔聖痕의 길 하나 찾을 듯도 싶었다.

—「흔痕」 부분

시에는 종교적 형이상학과 어두운 삶의 현존, 그리고 유한한 존재의 슬픔이 동시에 어우러져 있다. 저녁 숲의 어둠

속에서 시인이 상념에 빠져 있다. 그것은 생애의 한 결절점과도 같은 공간이 던져주는 상념일 것이다. 잘려 나가고 더듬거리고 찔러오고 환해지고 흘러들고 풀어내는 모든 일들이 그 상념 속에 걸려든다. 이를테면, 세상의 모든 민감한 움직임이 포착된다. 여기에는 어떤 해결도 없고 초월도 없다. 다만 희구만이 있을 뿐이다. 덧없이 짧고 깊은 숲속에서, 다른 말로 하면 짧고 깊은 어둠의 생애 속에서 사람들은 길 잃은 것처럼 헤매고 그리고 명멸할 뿐이다. 이 허무의 분위기는 어디에서 도래한 것일까? 그 이유를 찾는 것은 삶이 허무하지 않다는 뜻이 될 것이므로 시를 위해서도 시인을 위해서도 옳은 일이 아닐 것이다. 독자들은 다만 시의 분위기 아래, 그 짧고 깊은 어둠 속에 있어야 할 것이다. 그리고 그 목적 없는 있음의 순간에 세상에 남겨진 성스러운 흔적들이 모두 머리를 드는 사태를 경험하는 것인데, 그것이란, 분별되지 않는 존재들이 저 성스러운 어둠의 공간 속에서 몸을 섞어가며 흘러가는 사건 바로 그것이다. 이 성스러운 세계 속에서는 너와 내가 없이 모두 우리일 뿐이다. 그 우리는 그러나 단일한 우리가 아니라 너와 나로 나뉘는 우리일 것이다. 어떤 화엄의 지경이 이 어둠의 슬픔 속에서 이루어지는 것인데, 앞에서 예를 든 「누이」가 모종의 초월을 예비한다면 「흔痕」은 세속 속에서의 육화로 그 초월을 초월한다. 여기에도 그러니까 순환이 있는 셈이다. 성스러운 것이 속한 것이고 그 반대로 이루어진다는 것. '짐승의 눈빛'에서 '성스러움'을 찾아내는 시인의 사유 방식을 독자들이 주목해

야 하는 이유이다.

정리를 해야 할 것이다.

우진용에게 시의 언어는 부재와 욕망의 결과이다. 그런데, 그 부재는 자의적이기도 하고 타의적이기도 하다는 사실을 알아두어야 할 것이다. 부재가 자의적일 때 시는 비울 것 비우고 남는 존재들의 간결한 울림을 노래한다. 그러나 부재가 항상 자의적인 것은 아니다. 그것이 타의에 의한 것일 때, 하나의 부재는 언제나 또 다른 욕망을 만들어낸다. 이 욕망 때문에 시인이 괴롭다면, 시의 대부분은 괴로움에 의해 계기화되는 언어들이라고 해야 한다. 흔히 시가 고통의 산물이라고 하는 말이 이렇게 해서 만들어진다. 그런데, 우진용에게 그 시적 탄생의 과정이 의식되는 것은, 세상의 사물과 존재들을 통해서가 아니다. 그는 그 탄생의 과정을 부재와 욕망과 언어의 삼각관계를 통해 표현하는 것이 시라고 분명히 인식하고 있는 사람이다. 시집의 머리말은 그것의 변할 수 없는 증거인데, 우리는 그 증거가 바로 우진용의 시적 독특성의 이유라고 말해 두었다. 그러니까, 그는 시의 제작의 원리를 이미 사전에 알고 있는 사람이다. 시는 결코 실재에 도달할 수 없다는 사실을 그 앎은 거느릴 것이다. 시는 계속 씌어지지만, 그래서 그 도달 불가능성 때문에 시는 더욱 더 계속 씌어질 것이지만, 다른 시인들이 그것을 사물에 대한 육박으로 돌파하려 한다면, 우진용 시인은 그것을 시적 언어의 비밀에 대한 자기 인식으로 거두어두는 시인이다. 그의 시의 독특성은 그 자기 인식이 충분히 사물 언어들

로 갈무리 되고 있다는 점이다. 그의 시의 독특성은 그러니까 자기 인식의 관념적 철저함이 아니다. 차라리 그 독특성은 그 관념을 몸으로 깨달으면서, 그것을 세상의 사물들로 바꿔놓고 있다는 점에서 찾아져야 한다. 이렇다는 점에서 "알몸이 되어야 몸의 중심이 어디인가를 안다"(「어느 날 크로마뇽인을 보다」)는 말은 얼마나 힘겨운 진술일 것인가? "알몸"이 세상의 사물 자체라면, "몸의 중심"은 시적 인식의 핵심에 해당할 것이기 때문이다.▨

| 우진용 |
충남 천안 출생.
충남대 · 건양대 대학원 졸업
2003년 『시를 사랑하는 사람들』로 등단
2005년 〈웅진문학상〉 수상
2006년 문예진흥기금 수혜 선정
화요문학 동인, 작가회의 회원

이메일 jyw7505@hanmail.net

초판 인쇄 · 2009년 2월 10일
초판 발행 · 2009년 2월 15일

지은이 · 우진용
펴낸이 · 이선희
펴낸곳 · 한국문연

서울 서대문구 북가좌동 324-1 동화빌라 202호
출판등록 1988년 3월 3일 제3-188호
대표전화 302-2717 | 팩스 · 6442-6053
디지털 현대시 www.koreapoem.co.kr
이메일 koreapoem@hanmail.net

ISBN 978-89-6104-040-2 03810

값 7,000원

＊ 잘못된 책은 바꾸어 드립니다.
＊ 이 시집은 한국문화예술위원회의 문예진흥기금을 받아 출간되었습니다.